Adapté de l'épisode *Le Rubis de l'Orient*, d'après un scénario original de Robin J. Stein et Daniel Bryan Franklin.
Auteurs de la bible littéraire : David Michel et Jean-Louis Vandestoc.
Réalisé par Jean-Louis Vandestoc.
Création des personnages principaux : Bertrand Todesco.
Illustration de couverture : Marco Albiero.

Novélisation : Vanessa Rubio-Barreau.
Conception graphique du roman : Lorette Mayon.
Mise en pages : Valérie Gibert et Philippe Sedletzki.

Hachette Livre, 58, rue Jean-Bleuzen, 92178 Vanves Cedex

LoliRock™

La chasse au trésor

hachette JEUNESSE

La vie d'Iris change complètement
le jour où elle découvre qu'elle est
la princesse du royaume magique
d'Éphédia ! Elle se bat alors pour
reprendre le trône, tout en s'adonnant
à sa passion pour le chant au sein
de son groupe : LoliRock !

C'est l'héritière du trône de Volta !
Cette jeune princesse très extravertie
n'a pas mis longtemps à s'adapter
à la vie sur notre planète : elle adore
toutes les activités humaines et,
particulièrement, le shopping !

Talia

C'est la princesse de Xéris, le royaume le plus sérieux d'Ephédia ! Envoyée sur Terre avec Auriana pour entraîner Iris, Talia prend sa mission très à cœur. Et pour cause, elle ne supporte pas les humains, trop frivoles à son goût !

Cette espèce de petit chat au pelage mauve venu d'Ephédia est le seul capable de faire apparaître l'arène de combat qui permet aux princesses d'affronter leurs ennemis. Il peut également se transformer en un gigantesque cheval ailé !

Cet horrible personnage s'est emparé du trône d'Ephédia lorsque Iris n'était encore qu'un bébé. Mais pour prendre définitivement le pouvoir, il lui faut retrouver toutes les pierres de la couronne royale...

Ces jumeaux maléfiques travaillent
pour Gramorr, coincé à l'intérieur
du palais à cause d'un sort lancé
par la reine avant sa disparition.
Leur mission ? Retrouver les saphirs
d'Ephédia avant Iris !

1 Besoin de publicité

Alors que les LoliRock profitent d'un bel après-midi de printemps dans le parc, les jumeaux maléfiques les espionnent, comme toujours, perchés dans un arbre.

— Qu'est-ce qu'elles fabriquent ? Laisse-moi voir, gémit Méphisto en poussant sa sœur.

— Chut ! Moins fort ! gronde Praxina. Elles ne font rien d'intéressant. Iris écrit encore dans son stupide journal intime.

Effectivement, installée à une table de pique-nique, Iris confie ses secrets à son carnet. Elle pense souvent à sa famille. Elle se demande comment sont ses parents, ses grands-parents, ses oncles, ses tantes... car c'est difficile de grandir sans connaître ses origines.

Mais soudain, un cri d'Auriana lui fait relever la tête.

— Tu es prêt, Amaru ? C'est parti !

La princesse de Volta fait apparaître des bulles dorées qui flottent dans les airs. Amaru bondit pour les éclater une à une, aussi rapide qu'un chat ninja !

— Bien joué !

Talia les rejoint alors en lançant :

— Devinez qui a une bonne nouvelle !

Auriana sautille, surexcitée, faisant danser sa longue queue-de-cheval rousse.

— Oh ! J'adore jouer aux devinettes ! Attendez voir…

Elle regarde autour d'elle.

— Euh ? C'est le monsieur qui fait son footing ? Non, non, non ! La fillette au cerf-volant ? Ou ce petit garçon ? propose-t-elle en le montrant du doigt.

Comme son amie secoue la tête, elle soupire :

— Oh, j'abandonne. C'est qui ?

Talia hausse un sourcil. L'enthousiasme d'Auriana l'étonne toujours.

— Hum… Eh bien, c'est moi. J'ai croisé le directeur de la nouvelle salle de spectacle qui vient d'ouvrir : vous savez, le Coliseum. On a discuté… et il nous invite à chanter là-bas ce week-end !

Iris se lève d'un bond.

— Tu es sérieuse ? C'est génial ! On rêvait justement d'y faire un concert.

Avec ses longs cheveux bruns et lisses, Talia a toujours l'air sérieuse. Elle tempère l'optimisme de ses amies.

— Je dois vous prévenir : cette salle est grande. Très très grande. Elle peut accueillir des milliers de personnes.

Iris, qui est la chanteuse du groupe, est partante, bien entendu.

— Ça, c'est un super défi… Il faut l'annoncer à toute la ville pour réunir un maximum de spectateurs !

— D'accord ! s'écrie Auriana.

Et, sans laisser à ses amies le temps de réagir, elle s'élance dans l'allée en hurlant :

— Attention, mesdames et messieurs ! Ce week-end, LoliRock donne un

concert exceptionnel au Coliseum ! Ça va être trop cool ! Venez nombreux ! On compte sur vous !

Elle fait le tour du parc en répétant son petit discours à pleine voix avant de revenir auprès de ses amies, au petit trot.

Talia secoue la tête.

— Euh… Je ne suis pas sûre que c'est ce qu'Iris avait à l'esprit.

Iris sourit, amusée.

— Pas vraiment… On a besoin d'une vraie campagne de publicité. On doit attirer beaucoup plus de monde.

À bout de souffle, Auriana se penche en avant pour reprendre sa respiration.

— Attends, je crois que… je sais comment ! halète-t-elle. Au lieu de courir dans le parc… ce qui est un peu fatigant, j'avoue, on pourrait dessiner un flyer promotionnel et… et… l'envoyer à plein de gens par e-mail !

— Oui ! Excellente idée, commente Iris.

— Merci. En plus, ça nous évitera de nous casser la voix avant le concert, précise Auriana, qui a l'esprit pratique.

Au sommet de leur arbre, les jumeaux n'ont rien perdu de la conversation. Un sourire machiavélique se dessine sur leurs lèvres.

2

Une nouvelle amie

Lorsque les LoliRock arrivent au *Smoothie Bar*, Nathaniel, le serveur, est en grande conversation avec une jeune femme rousse.

— Voici les trois modèles que je te propose, dit-elle en étalant des prospectus sur le bar. Qu'en penses-tu ?

Le garçon les observe attentivement, puis il relève la tête et, à la vue de la princesse d'Ephédia, son visage s'illumine.

— Hé, Iris ! J'aimerais changer la carte des smoothies. Laquelle tu préfères ?

La jeune fille s'approche et examine les trois modèles, puis choisit celui qui est décoré d'un arc-en-ciel :

— Celle-ci ! Elle est vraiment magnifique. J'adore le style ! On voit bien les jus, les fruits, toutes les couleurs…

Nathaniel hoche la tête.

— Ouais… C'est celle que je préfère, moi aussi.

Auriana se met à pouffer.

— Oh, mais c'est trop chou ! Vous êtes toujours d'accord sur tout, Nathaniel et toi. Hi, hi, hi, hi !

Rougissant légèrement, le garçon se tourne vers la jeune femme qui lui a présenté les cartes.

— On va donc partir sur ce modèle-là, Debra. Au fait, je ne t'ai pas présenté mes amies ! Iris…

Sans le laisser finir, Debra complète :

— Auriana… et Talia. Oui… Je vous connais déjà. Vous êtes les LoliRock ! J'aime beaucoup votre musique.

Les trois amies sourient, ravies du compliment.

— Debra est la meilleure graphiste de… eh bien… de toute la planète ! C'est elle qui a créé mes nouveaux menus, explique Nathaniel.

Auriana ne perd pas une seconde.

— Oh ! Tu es graphiste ? s'écrie-t-elle. Mais tu pourrais peut-être créer une affiche et des flyers pour notre concert ? On veut faire une campagne de pub géante.

Les grands yeux verts de Debra pétillent.

— Travailler pour LoliRock ? Bien sûr ! Ce serait un honneur. Je peux vous préparer un ou deux visuels. Vous avez une idée de ce que vous voulez ?

Auriana écarte les mains. Elle fait de grands gestes en brassant de l'air, très inspirée.

— Ben moi, je verrais bien quelque chose de moderne et d'ultra mignon à la fois ! Et qui combinerait des chatons, un parcours de minigolf et… pourquoi pas un ouistiti voltan !

Le sourire de Debra se fige. Visiblement, elle a du mal à se représenter ce qu'imagine Auriana… et, en plus, elle n'a sans doute jamais entendu parler des ouistitis voltans.

Talia la rassure :

— N'écoute pas les délires d'Auriana, Debra ! L'essentiel, c'est qu'il y ait écrit « LoliRock ». À part ça, tu as carte blanche.

Debra se détend. Elle réfléchit un instant en tripotant pensivement les

grosses perles de son collier, puis elle déclare :

— Je sais exactement ce qu'il vous faut. Vous n'avez qu'à passer chez moi cet après-midi !

Tandis que Debra s'empresse de rentrer chez elle afin de travailler sur leur projet, les filles s'installent pour boire leurs smoothies.

— Quelle chance d'avoir trouvé aussi vite quelqu'un pour faire notre pub ! s'exclame Auriana.

— Oui, renchérit Iris. En plus, ce sera sûrement très chouette. J'ai hâte de voir le résultat !

— Et comme ça, on est certaines de remplir le Coliseum, enchaîne Talia.

3 Un mystérieux tableau

En arrivant à l'adresse que Debra leur a donnée, les trois filles sont impressionnées. Ce n'est pas une maison, mais un hôtel particulier, au milieu d'un grand jardin.

— Waouh ! siffle Auriana. C'est immense.

Iris a les yeux qui brillent.

— C'est une demeure très ancienne. On dirait presque un château de princesse.

Toujours plus terre à terre, Talia remarque :

— Oui, mais elle aurait bien besoin d'un petit coup de peinture.

Effectivement, le portail tout rouillé grince quand elles le poussent.

Debra apparaît alors à l'une des fenêtres du premier étage.

— Coucou, les filles ! Entrez par la porte de derrière. Celle de devant… est complètement coincée.

— On arrive !

La jeune graphiste a installé son atelier dans une grande pièce, avec un vieux parquet en bois. Les filles découvrent, ébahies, les meubles et bibelots anciens.

— Cette maison appartient à ma famille depuis plusieurs générations, leur explique-t-elle.

Amaru va et vient dans la pièce en reniflant tout. Soudain, il remue la truffe… et éternue si fort qu'il tombe en arrière.

— Oh, désolée, Amaru, s'excuse Debra. C'est peut-être légèrement poussiéreux. La maison a connu des jours meilleurs. Comme elle est immense, on a du mal à l'entretenir. Et maintenant… on doit la vendre.

Iris s'étonne :

— Oh ? Pourquoi ? C'est dommage !

Debra hausse les épaules.

— Ça, c'est sûr. J'ai grandi ici. Mais c'est encore plus dur pour mon grand-père, parce qu'il y a vécu toute sa vie !

Pendant que Debra leur raconte l'histoire de sa famille, Iris remarque

que son pendentif clignote. Elle le serre au creux de sa main pour le cacher.

— Quand on devra déménager, mon grand-père sera effondré, conclut Debra. Mais on n'a plus assez d'argent pour s'occuper de la maison. Enfin bref… Je vais chercher le flyer et je reviens tout de suite.

La princesse d'Ephédia profite de son absence pour prévenir ses amies :

— Les filles ! Regardez ce qui se passe quand j'approche mon pendentif de ce tableau.

Talia fronce les sourcils en contemplant la peinture. C'est une falaise plongeant à pic dans la mer.

— Bizarre, commente-t-elle. Pourquoi ton cristal se met-il à briller comme ça ?

Elle s'interrompt aussitôt en voyant revenir Debra. Celle-ci leur tend le flyer :

— Tenez ! Voici une première ébauche.

On y voit les trois LoliRock en tenue de scène avec le nom de leur groupe écrit en gros. Debra a réussi à représenter l'énergie et l'ambiance survoltée des concerts !

— Waouh ! s'exclame Auriana, les yeux brillants. Fantastique ! Ne change rien, c'est parfait !

— Oui ! Très beau boulot, renchérit distraitement Iris, préoccupée par son pendentif. Euh… J'ai une question qui n'a aucun rapport. D'où vient ce tableau ? demande-t-elle en désignant la vue de la falaise.

Un vieux monsieur barbu aux cheveux blancs entre alors dans la pièce. C'est le grand-père de Debra.

— Mon père l'a peint il y a des dizaines et des dizaines d'années, explique-t-il. À l'époque, j'étais haut comme trois pommes.

— J'ai le pressentiment qu'il renferme un secret, murmure Iris. Vous permettez que je l'examine, monsieur ?

— Bien sûr. Mais fais attention, c'est un héritage familial, j'y suis très attaché.

Talia et Iris décrochent le tableau du mur avec précaution, puis elles le retournent. Il y a une planche de carton derrière la toile et, quand Iris toque dessus, cela sonne creux.

— Tiens ! Ça, c'est curieux. On dirait qu'il y a un double fond, remarque-t-elle.

Derrière ses lunettes, le grand-père de Debra ouvre de grands yeux.

— Vraiment ? Regarde en dessous, alors. Non, attends, laisse-moi faire.

Il a à peine soulevé le carton qu'une feuille en tombe.

— Oh ! s'exclame Debra. Elle était cachée entre la toile et le carton !

— Je me demande bien comment elle est arrivée là, marmonne son grand-père.

Auriana la ramasse pour lui éviter de se baisser.

— C'est une lettre écrite il y a très longtemps, constate-t-elle.

Iris lit le texte écrit à la plume sur le papier jauni.

— « À quiconque trouvera cette missive : je m'appelle le Valet de Cœur et sachez que je suis innocent de ce dont on m'accuse. »

En entendant cela, Debra et son grand-père, stupéfaits, écarquillent les yeux.

Iris poursuit :

— « Accomplissez cette quête pour le prouver. » Qu'est-ce que ça signifie ?

Le vieil homme lisse pensivement sa barbe en expliquant :

— Mon père était un peintre célèbre qui se faisait appeler le Valet de Cœur. Il y a plus de cinquante ans, on l'a accusé d'avoir volé une pierre précieuse.

— Oui, confirme Debra, le rubis de l'Orient.

— Alors il a décidé de prendre la fuite et personne ne l'a jamais revu. Depuis ce jour, toute notre famille souffre de sa réputation, avoue son grand-père.

Debra pose une main sur son épaule et renchérit, l'air peiné :

— Les gens ne nous font pas confiance, ils nous prennent pour des voleurs. Ils sont persuadés que nous savons où est le rubis.

Iris l'interroge :

— Et vous savez où il est ?

Le grand-père secoue la tête.

— Non, pas du tout. La seule chose que je sais avec certitude, c'est que mon père ne l'aurait jamais volé.

Les yeux de Debra brillent d'excitation.

— C'est forcément pour cette raison qu'il nous a laissé ce message. Il nous indique comment prouver son innocence !

Iris poursuit sa lecture :

— « Votre route sera solitaire. Si vous cherchez le rubis, il vous faut suivre la lumière qui guide les navires dans la nuit. »

Très concentrée, Talia récapitule :

— Ce doit être une énigme. Elle mène peut-être à un autre indice. Voyons… Lumière… Nuit… Navires…

Iris pense avoir trouvé.

— Il parle certainement du phare ! suggère-t-elle.

Le vieil homme tire sur sa barbe, perdu dans ses pensées.

— Oui, ce n'est pas bête. À moins que… Ah… Je ne sais pas.

Debra lui prend la main pour l'encourager.

— C'est quoi, ton idée, papi ?

D'un ton hésitant, il leur explique :

— Eh bien, peut-être n'évoque-t-il pas le phare mais plutôt un tableau du phare ! Il y en a un de mon père, exposé au musée.

Auriana tape dans ses mains.

— Alors c'est l'heure de faire une petite sortie culturelle !

Sans attendre, les quatre filles se mettent en route. Sur le seuil de la porte, Debra se retourne vers son grand-père.

— Tu ne viens pas avec nous ?

Il secoue la tête d'un air las.

— Oh non ! Je suis trop vieux pour partir à l'aventure. Allez-y sans moi.

— Même si on ne sait pas ce qu'on va trouver au bout, on va remonter la piste, promet Talia.

— Je sais ce que vous allez trouver, affirme-t-il : une preuve qui lavera notre famille de tout soupçon.

Et voilà les quatre filles parties pour le musée, sans se douter que les jumeaux maléfiques ont épié toute la scène.

— Tu as entendu ? demande Praxina, perchée sur le toit de la vieille demeure.

— Oui, elles doivent être à la recherche d'un saphir, croit deviner Méphisto. Il faut vite le dire à Gramorr.

Il a à peine terminé sa phrase que, justement, celui-ci apparaît dans un vortex de cristal sombre.

— Me dire quoi ? tonne-t-il.

— Eh bien, il... il semblerait que les princesses..., balbutie Méphisto.

Praxina le coupe :

— Les princesses recherchent l'emplacement d'un saphir d'Ephédia.

— Alors pourquoi restez-vous plantés là ? gronde Gramorr. Emparez-vous du saphir avant elles !

Méphisto s'incline :

— Vos désirs sont des ordres, Sombre Maître des Ténèbres.

4
Visite au musée

— Ouais ! J'adore les chasses au trésor, se réjouit Auriana en arrivant au musée.

Debra les conduit à travers le dédale de couloirs.

— La toile se trouve dans cette salle.

— Oui, je la vois ! s'écrie Iris. *Lumière solitaire*, de Jack Harrison, lit-elle sur le cartouche.

Le tableau est effectivement dans le même style que celui qui est chez Debra. Sauf qu'ici, un phare se dresse au bout de la falaise.

Mais alors qu'Iris se penche pour l'examiner de plus près, un gardien surgit de nulle part en hurlant :

— On recule, mesdemoiselles !

Les quatre filles font un bond en arrière. L'homme les toise d'un regard

suspicieux, puis il s'éloigne en menaçant :

— Attention, je vous ai à l'œil.

Lorsqu'il est hors de portée de voix, Iris soupire :

— Il faudrait le décrocher pour regarder derrière. Mais ça ne va pas être facile… Vous-savez-qui ne nous quitte pas des yeux !

— Dis-moi, Debra… Ça t'embêterait d'avoir une petite discussion avec le gardien ? propose alors Talia.

La jeune graphiste hausse les épaules.

— Euh… Je veux bien essayer, mais il n'a pas l'air d'être très bavard.

— Il retourne dans la salle de surveillance, l'informe Iris. Va le distraire. Il ne faut pas qu'il regarde les moniteurs.

Debra suit le gardien jusqu'à la salle de vidéosurveillance. L'homme s'assied dans un grand fauteuil et couve d'un œil attentif la douzaine d'écrans qui lui montrent toutes les salles du musée.

La jeune fille entre et toussote.

— Dehors ! rugit-il en s'apercevant de sa présence. Cette pièce est

strictement réservée au personnel. C'est écrit sur la porte, vous ne savez pas lire ?

— Si, justement… Vous auriez des conseils à me donner pour devenir gardienne de musée ? improvise Debra.

L'homme se radoucit un peu. Il est visiblement passionné par son métier.

— Oh, pour commencer, c'est un travail très exigeant, vous savez.

Les yeux brillants, il lui fait face, tournant le dos aux moniteurs.

— Il faut être doté d'une vigilance infaillible et avoir du flair pour repérer les…

Debra hoche la tête, puis profite de ce qu'il est absorbé par son petit discours pour appuyer sur le bouton qui désactive les caméras.

Dans la salle, Amaru, qui a une vue perçante, tend la patte vers le plafond.

— Amaru !

Iris remarque alors que les voyants des caméras de surveillance se sont éteints.

— Ah ! Debra a réussi !

Aussitôt, Talia bloque les deux entrées de la salle avec des rideaux de cristal bleu pour éviter qu'on ne les dérange.

— Bon, maintenant, occupons-nous du tableau, dit Iris.

Avec d'infinies précautions, les filles décrochent la peinture du mur. Elles la retournent et la posent sur la banquette réservée aux visiteurs. Auriana soulève le carton au dos de la toile. Comme de la première toile, une feuille s'en échappe. Tout en la roulant soigneusement, Auriana décrète :

— Et maintenant, on remet tout en place.

Le plus rapidement possible, Iris et Auriana raccrochent le tableau au mur pendant que Talia fait disparaître les rideaux de cristal.

Juste à temps car, dans la cabine de surveillance, le gardien commence à avoir des soupçons.

— Bon, ça suffit, il faut que je me concentre sur mon travail. Allez-vous-en, ordonne-t-il à Debra en montrant la porte.

La jeune fille tente de gagner du temps, craignant que ses amies n'aient pas fini.

— Oh ? fait-elle, déçue. Mais j'ai encore tellement de questions à vous poser sur votre parcours professionnel !

— Le plus important, c'est de se méfier de tout le monde, affirme-t-il.

Il ne croit pas si bien dire… Dans son dos, Debra remet les caméras en fonction. Ouf ! Sur un écran, ses amies lui font signe qu'elles ont l'indice.

Mais le gardien a remarqué son petit manège.

— Hep ! Qu'est-ce que vous avez trafiqué ? demande-t-il en se relevant comme s'il était monté sur ressorts.

Il file dans le couloir, avec Debra sur les talons… mais lorsqu'ils arrivent dans la salle, le tableau est accroché au mur. Sourcils froncés, le gardien inspecte le moindre recoin de la pièce ; cependant, tout est en ordre.

Les LoliRock lui sourient d'un air innocent. Puis, sous son regard

soupçonneux, les filles quittent la pièce en emportant leur butin.

Pour l'empêcher de les suivre, Debra pose une main sur son épaule.

— Monsieur, j'aurais encore deux ou trois questions à vous poser…

5 Guet-apens !

Les LoliRock s'empressent de sortir du musée et s'enfoncent à grands pas dans le parc. Elles s'arrêtent sous les arbres.

— Ouf ! On a eu chaud, murmure Auriana.

— Vas-y ! Lis-nous l'indice ! l'encourage Iris.

Mais, au moment où son amie déroule le parchemin, il se met à scintiller… et lui échappe des mains.

— Hé ! proteste-t-elle. Qu'est-ce qui se passe ?

Méphisto surgit de nulle part.

— Ce qui se passe, c'est que nous vous avons doublées.

— Laissez-moi vous débarrasser de ce message, enchaîne sa sœur en tendant le bras. *Fugeo Malere !*

L'indice, enveloppé d'un cristal sombre, flotte dans les airs pour la rejoindre docilement.

Mais les trois princesses ne se laissent pas faire. Elles unissent leurs pouvoirs pour tenter de récupérer leur bien.

— *Cristal Captus !*

Le cristal sombre va et vient dans les airs tandis que chaque clan essaie de l'attirer à lui. Mais les LoliRock ont l'avantage du nombre.

— Vous ne repartirez pas avec l'indice, affirme Talia. Nous sommes trois contre deux !

Praxina ricane.

— Vous oubliez un petit détail.

— Nous, on ne se bat pas à la loyale ! complète son frère.

Et il bombarde les princesses d'une pluie de cristaux acérés. Pour les éviter, elles sont obligées de s'écarter et d'interrompre leur sort.

Les jumeaux en profitent pour récupérer l'indice.

— Vous avez triché ! hurle Iris, furieuse.

Très content de lui, Méphisto empoche le précieux cristal en répliquant :

— Comme vous le dites si bien sur votre planète : « Trouver, c'est trouver… Reprendre, c'est Voie lactée ! »

Et sur ces mots, les jumeaux se volatilisent, emportant l'indice avec eux.

— N'importe quoi ! « Reprendre, c'est voler », idiot ! bougonne Iris, dépitée.

Talia soupire.

— Bon ! Il faut qu'on les rattrape. Amaru ?

Le petit animal de compagnie est sur le point de se changer en cheval ailé quand Debra les rejoint. Il stoppe aussitôt sa métamorphose.

— Oh ? Vous étiez là, les filles ! s'exclame la graphiste. Je vous ai cherchées partout. Qu'est-ce qui se passe ? Vous avez l'indice suivant ?

Auriana bafouille :

— Oui… euh… non… enfin, si on veut. C'est-à-dire qu'en fait, c'est une longue histoire, mais…

Par chance, la sonnerie du portable de Debra l'interrompt.

— Allô ? Oui ? Quoi ? Non ! Bien sûr, j'arrive tout de suite.

Lorsqu'elle raccroche, la jeune fille est livide. Elle se tourne vers ses nouvelles amies pour expliquer :

— La banque saisit notre maison, elle nous expulse aujourd'hui.

Au bord des larmes, elle ajoute :

— Je dois rentrer pour aider mon grand-père.

Iris pose une main sur son épaule.

— D'accord. Ne t'en fais pas. On va continuer à suivre la piste du Valet de Cœur, promet-elle.

— Mmm… Ça, c'est plus facile à dire qu'à faire, murmure Talia tandis que Debra s'éloigne.

6
Course-poursuite

Les jumeaux maléfiques se cachent au fond d'une impasse pour examiner leur butin.

— Alors, petit parchemin, qu'as-tu à nous raconter d'intéressant ? demande Praxina en dissolvant le cristal sombre.

Elle déroule la feuille et lit à voix haute :

— « Vous avez trouvé la seconde moitié… Pour percer mon secret, explorez l'Obscurité. » Hein ? Mais qu'est-ce que ça signifie ?

Méphisto se gratte pensivement le menton.

— Mmmm… Aucune idée. Je ne comprends jamais ce que ces stupides humains…

Agacée, Praxina l'interrompt :

— Peu importe. Je n'ai qu'à utiliser ma magie. *Illuminare Velox !*

Tout scintillant d'un pouvoir maléfique, l'indice s'élève dans les airs.

— Suivons-le ! s'écrie Praxina. Il nous mènera au saphir !

Pendant ce temps, les LoliRock parcourent Sunny Bay à leur recherche.

— Aucun signe de Praxina et de Méphisto, soupire Iris.

Talia sort son portable pour appeler leur amie.

— Auriana, est-ce que tu as repéré les jumeaux de là-haut ?

Sur le dos d'Amaru, qui a pris sa forme de cheval ailé, la princesse de Volta survole les environs.

— Non, pas encore, répond-elle. Oh ! Attendez ! Ce sont eux ! Ils sont là, droit devant !

Effectivement, les filles aperçoivent les jumeaux, qui filent dans les airs.

Iris fronce les sourcils.

— Qu'est-ce qu'ils pourchassent ?

Talia hausse les épaules.

— Je ne sais pas trop. Mais ils ont la lettre du Valet de Cœur, alors suivons-les.

Amaru se pose devant elles pour leur laisser le temps de monter sur son dos également. Heureusement qu'il est assez grand pour emmener les trois princesses !

Alors qu'il redécolle sur les traces des jumeaux, Iris lui conseille :

— Garde tes distances, Amaru. Il ne faut pas qu'ils nous repèrent.

Sans se faire voir, les LoliRock suivent Méphisto et Praxina jusqu'à un chantier délabré, au pied d'une montagne.

Les filles descendent de selle pour inspecter les lieux. Il y a plein de machines rouillées, des sortes de bobines géantes, des wagonnets et des rails cassés…

Mais le plus étonnant, c'est qu'on peut pénétrer sous la montagne par une grande ouverture… Et c'est justement par là que sont passés les jumeaux.

Auriana jette un coup d'œil méfiant à l'intérieur. Un long tunnel s'enfonce dans la pierre.

— Dites donc, c'est carrément lugubre, ici !

— Pourquoi les jumeaux vont toujours se terrer dans des recoins sombres ? soupire Talia.

Pendant ce temps, Iris cherche des informations sur son téléphone.

— Apparemment, il s'agit d'une mine de cuivre abandonnée depuis longtemps et qu'on surnommait « l'Obscurité ».

— Bah, je comprends d'où elle tient son nom ! C'est tout noir, là-dedans, commente Auriana.

Talia prend son courage à deux mains.

— Bon, ce n'est pas en restant à l'entrée qu'on récupérera l'indice. Venez, les filles.

La princesse de Volta frissonne.

— J'avais peur que tu ne dises un truc de ce genre. *Brrrr !*

7

Au fond de la mine

L'indice a conduit les jumeaux tout au fond de la mine… et ils y ont trouvé un coffret ancien.

— Ouvre-le ! Ouvre-le ! ordonne Praxina à son frère, surexcitée.

— C'est ce que j'essaie de faire ! bougonne Méphisto, en tirant de toutes ses forces sur le couvercle… en vain.

Ce vieux coffret est très solide.

— Bon, changeons de méthode.

Il utilise sa magie pour détruire le gros cadenas doré.

— Et voilà !

Méphisto soulève doucement le couvercle. Un magnifique rubis repose sur un lit de soie. Praxina s'en empare.

— Oooh ! Un saphir rouge ! Il est absolument sublime ! s'exclame-t-elle,

croyant qu'il s'agit d'une pierre magique. Ses pouvoirs doivent dépasser l'imagination.

Son frère le lui arrache des mains.

— Hé, hé ! S'il est si puissant… il est à moi !

— Tu te trompes, Méphisto ! Il est à nous, objecte Iris.

— Encore toi ! rugit Praxina, furieuse.

— Et encore moi, complète Auriana. Et… encore elle, ajoute-t-elle en désignant Talia.

Amaru hennit pour signaler sa présence, à lui aussi !

— Et encore lui ! conclut la jolie rousse.

Les jumeaux ne sont que deux face aux trois princesses et à leur cheval ailé, qui leur bloquent la sortie de la mine.

Iris met les poings sur les hanches.

— Alors ? Allez-vous nous rendre cette pierre bien gentiment ?

Praxina fait la moue.

— Voyons… Laisse-moi y réfléchir… Eh bien… non, je pense que je vais la garder !

Les jumeaux lancent alors une attaque commune. Amaru s'interpose

pour protéger les princesses, mais la force du cristal sombre le projette en arrière.

— Amaru ! s'affole Auriana. Ça va ? Tu n'as rien ?

— Personne ne touche à Amaru ! s'indigne Talia.

Elle lève le bras pour se changer en princesse grâce à son bracelet enchanté.

— Talia, princesse de Xéris !

Ses cheveux s'allongent et prennent une teinte bleue ; elle porte une tunique et une veste courte ainsi que des bijoux en losanges et des gants blancs.

Puis c'est au tour d'Auriana de se transformer. Sa bague magique étincelle quand elle lance :

— Auriana, princesse de Volta !

Sa robe à elle est orange et ses bijoux ont une forme de lune dorée. Elle porte de jolies bottes hautes à talons.

Iris serre son pendentif au creux de sa main en s'écriant :

— Iris, princesse d'Ephédia !

Tandis qu'elle tourne sur elle-même, ses longs cheveux deviennent roses. Elle revêt une magnifique robe bustier blanche à volants, avec une traîne en voile pailleté ! Pour compléter sa tenue, elle porte des bijoux en forme de cœur rose, son symbole.

Auriana fait un pas vers les jumeaux, en position d'attaque magique.

— Vous n'auriez pas dû vous en prendre à lui. *Cristal Offensio !*

Elle lance une pluie de cristaux orange sur les jumeaux. Hélas, quand le nuage de poussière se dissipe, ils sont toujours là, indemnes.

— Bien essayé, princesse. Mais tu nous as ratés, ricane Méphisto.

— Moi, je ne vous raterai pas, affirme Talia. *Cristal*... Aah !

Elle n'a pas le temps de lancer son sort car un bloc de cristal rouge sombre s'abat sur elle. Elle s'effondre, touchée au bras.

— Et de deux ! fanfaronne Méphisto. Maintenant, à ton tour.

Il va lancer un sort sur Iris, mais Auriana crée un bouclier de cristal orangé pour la protéger.

— *Cristal Tectus !*

Le problème, c'est que les flèches de cristal vert renvoyées par le bouclier vont se planter un peu partout dans les poutres et les parois du souterrain. Il menace de s'écrouler !

— Faites comme moi, les filles ! crie Talia, en se redressant tant bien que mal.

Elle tournoie et lance un sort sur une poutre, qui lâche. Une partie du tunnel s'effondre, juste derrière les jumeaux.

Comprenant son plan, Auriana et Iris l'imitent. Les poutres craquent et le plafond cède. Un nuage de poussière envahit le tunnel.

Profitant de l'effet de surprise, Auriana se sert de son ruban magique pour arracher le coffret du rubis des mains de Méphisto.

— Nooon ! gémit-il. Elles m'ont pris le saphir !

Praxina le tire par le bras.

— Laisse ! Allez, viens ! Sortons de cette mine !

Alors qu'ils se volatilisent, Iris se tourne vers ses amies.

— Nous aussi, on devrait partir avant que tout s'effondre.

Les trois princesses remontent sur le dos d'Amaru, qui galope hors du tunnel juste à temps, avant de s'élancer dans les airs.

8
Innocenté

Amaru ramène les trois princesses, saines et sauves, à Sunny Bay… ainsi que le coffret ! Elles ont suivi la piste du Valet de Cœur jusqu'au bout et récupéré le rubis de l'Orient : mission accomplie ! Il les dépose dans le parc de la vieille demeure. Cependant, Auriana est prise d'un doute.

— Mais si l'arrière-grand-père de Debra a caché le rubis au fond de la mine, cela ne signifie-t-il pas qu'il l'aurait vraiment volé ?

Pour en avoir le cœur net, Iris ouvre délicatement le coffret. À l'intérieur, à côté de la pierre précieuse, se trouvent un parchemin roulé et une photo.

— Regardez ! Un autre message !

Elle le parcourt rapidement avant de déclarer :

— Le Valet de Cœur explique toute sa mésaventure. Ça va faire plaisir à Debra et à son grand-père !

Les trois LoliRock s'empressent d'aller les retrouver pour leur annoncer la bonne nouvelle.

Alors qu'ils sont réunis dans l'atelier de la jeune graphiste, Iris s'installe dans un vieux fauteuil en velours pour leur faire la lecture :

— « En vérité, moi, le Valet de Cœur, je suis le propriétaire légitime du rubis de l'Orient. C'est un sultan d'Arabie qui me l'a offert en paiement d'un portrait qu'il m'avait commandé. À peine rentré chez moi, j'ai dû repartir pour peindre un nouveau tableau en Italie. J'ai alors confié le rubis à un homme que je prenais pour mon ami, le banquier le plus influent de Sunny Bay. Mais un an plus tard, à mon retour de voyage, le banquier a prétendu que le rubis lui appartenait ! Désespéré, je n'ai pas eu d'autre choix que de m'introduire chez lui pour reprendre mon bien ! C'était ma parole contre la sienne… et personne ne m'a cru. J'ai préféré m'enfuir avant que la police ne vienne m'arrêter. Mais d'abord, j'ai pris soin de cacher le rubis, au cas où il pourrait être utile à ma famille, un jour. »

Talia tend le cliché qui accompagnait la lettre au grand-père de Debra.

On y voit son père recevant le rubis de l'Orient des mains du sultan d'Arabie.

— Il était innocent ! murmure le vieil homme, les larmes aux yeux.

— Vous savez ce que ça veut dire, les filles ? s'écrie Debra. Maintenant, grâce au rubis, on va pouvoir sauver notre maison !

Son grand-père lève les yeux de la photo, très ému.

— Si nous remboursons nos dettes à la banque, nous ne serons pas obligés de déménager ?

Debra le prend par le cou.

— Exactement, papi. On peut rester ici ! Et ça, c'est entièrement grâce aux LoliRock.

— Oh, vous n'imaginez pas combien je suis heureux, mesdemoiselles… Je vous remercie.

Comme il les serre toutes les trois dans ses bras, Amaru, qui a repris sa forme habituelle, sautille en couinant :

— Aaamaruu !

Le grand-père se penche pour le caresser.

— Oooh ! Pardon… Merci à toi aussi, Amaru !

Les LoliRock ont encore aidé quelqu'un sur Terre… En récompense, elles reçoivent un saphir magique, qui regagne sa place sur la couronne d'Ephédia… au grand désespoir de Gramorr.

Mais la semaine n'est pas terminée ! Ce week-end, les trois princesses donnent leur grand concert au Coliseum. Des lasers bleu, rose et orange éclairent la nuit aux couleurs des LoliRock pour annoncer leur super show.

En montant sur scène, Iris constate :

— La salle est pleine à craquer. Nos flyers ont très bien marché... C'est presque de la magie !

Talia pointe un doigt.

— Regardez ! Debra est venue !

— Avec son papi ! ajoute Auriana.

— Un, deux, trois... C'est parti ! lance Iris en prenant le micro. Bonsoir, Sunny Bay ! Nous sommes heureuses de jouer pour la première fois au Coliseum,

c'est un immense honneur pour nous !

Sous les hourras du public, les trois princesses entonnent leur nouveau tube.

La salle est déchaînée. Tout le monde reprend le refrain en chœur. À un moment, Debra attrape même son grand-père par la main et ils se mettent à danser ! Quelle ambiance !

Après ce concert de folie, avant de se coucher, même si elle est fatiguée, Iris écrit dans son journal intime. Ça lui a fait un pincement au cœur de voir Debra si proche de son grand-père alors qu'elle-même ne connaît personne de sa famille. Mais, qui sait, peut-être que l'une de ses ancêtres était une célèbre chanteuse éphédienne et que c'est elle qui lui a transmis sa passion pour la musique !

Iris s'endort en pensant : « J'espère qu'un jour, quand on aura vaincu Gramorr, je pourrai retourner sur Ephédia et rencontrer le reste de ma famille. Je me demande s'ils dansent tous aussi bien que le grand-père de Debra ! »

FIN

As-tu lu les précédentes histoires des LoliRock ?

Tome 1
Le pouvoir de l'amitié

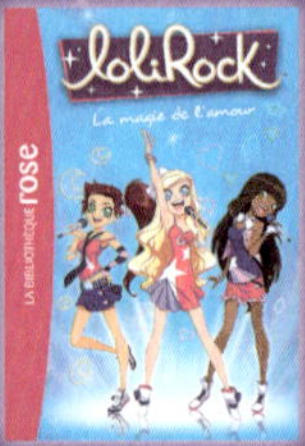

Tome 2
La magie de l'amour

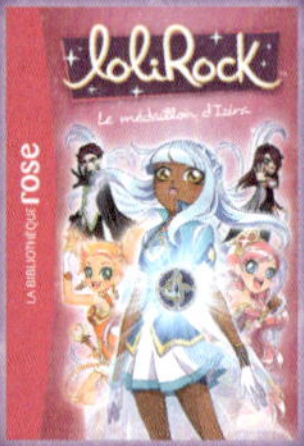

Tome 3
Le médaillon d'Izira

Tome 4
Mémoire trouble

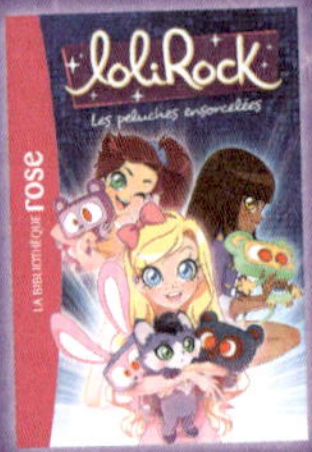

Tome 5
Les peluches ensorcelées

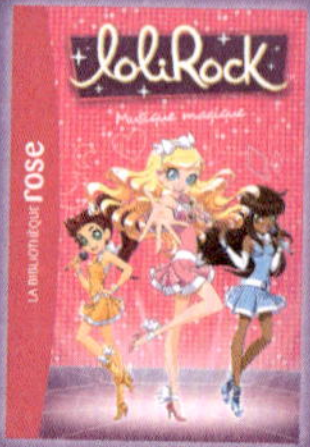

Tome 6
Musique magique

Tome 7
La maison hantée

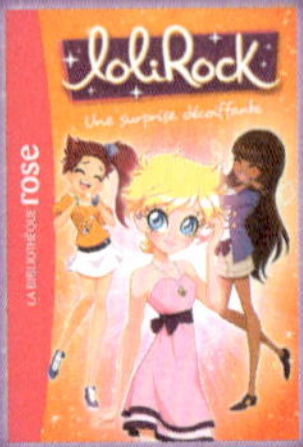

Tome 8
Une surprise décoiffante

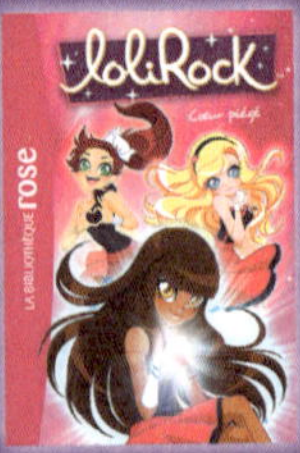

Tome 9
Cœur piégé

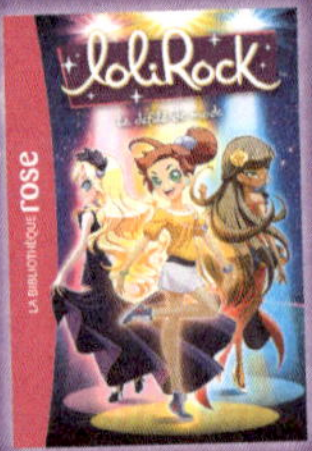

Tome 10
Le défilé de mode

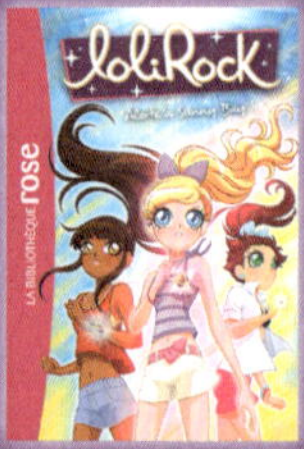

Tome 11
Alerte à Sunny Bay !

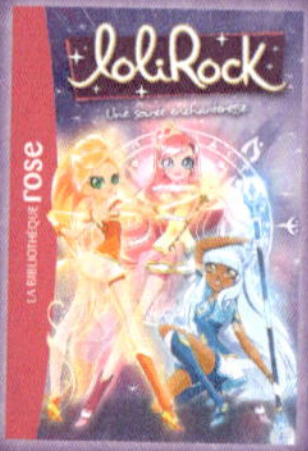

Tome 12
Une soirée enchanteresse

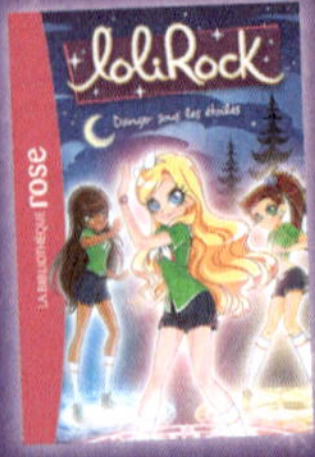

Tome 13
Danger sous les étoiles

Tome 14
Une croisière de rêve

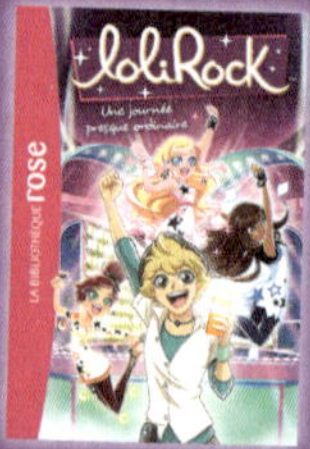

Tome 15
Une journée
presque ordinaire

Tome 16
Amies pour la vie